CHRISTIAN XA

Docteur en informatique neuromimétique, Christian Xavier est l'auteur de la courte nouvelle, Le ressac des mères, publiée dans le cadre du concours Pampelune 2022 chez BoD. *Zhōng* est le premier volet de la tétralogie cyber-punk *2098, le tour des quadrants*. Christian Xavier publiera prochainement le deuxième et son consacre désormais à l'écriture d'un roman policier démarré à partir d'un cauchemar.

Christian Xavier baigne tous les jours dans la technologie et les risques qu'elle fait porter sur notre sphère privée. Cybersécurité, intelligence artificielle, génétique et *life hackers*, si la technologie est omniprésente dans la plupart de ses écrits, elle reste souvent en arrière-plan pour montrer son effet sur les relations humaines.

Retrouvez toute l'actualité sur l'auteur sur :

www.christianxavierauthor.com

2098, LE TOUR DES QUADRANTS
QUADRANTS
TOME 1 : ZHÕNG

CHRISTIAN XAVIER

LE TOUR DES QUADRANTS

Un conte de la fin du siècle

Tome 1 : Zhõng

© 2023, Christian Xavier

Édition : BoD – Books on Demande, info@bod.fr

Impression : BoD – Books on Demand, In de Tarpen
42, Norderstedt (Allemagne)

Impression à la demande

ISBN : 978-2-3224-4364-2

Dépôt Légal : janvier 2023

REMERCIEMENTS

Merci à Richard, Alexis, Yvan pour leurs encouragements après lecture des premières ébauches. Merci à ma maman, Josette, pour TOUT mais aussi pour ses corrections très utiles. Merci à mes enfants et mes neveux et nièces Tahina, Seheno, Malina, Mathilde, Nathan et Mélanie pour leurs commentaires motivants.

Et merci à toutes les personnes qui auront osé s'aventurer jusqu'ici dans ce premier conte de la fin du siècle.

Sommaire

Tout royaume divisé contre lui-même devient désert, ses maisons s'écroulent les unes sur les autres.

Jésus (Luc 11-15.26).

Un doux matin

Tout royaume divisé contre lui-même devient désert, ses maisons s'écroulent les unes sur les autres.

Jésus (Luc 11-15.26).

33 décan 2098 @H5.99Q1

L'appartement situé au 227e étage de la tour Zhang sentait encore le neuf. L'ensemble du mobilier, comme les murs et plafonds, était issu de matériaux carbonés de synthèse moulés dans des tons neutres, du sable au turquoise. L'atmosphère de pureté qui s'en dégageait était à peine troublée par la présence de quelques objets anciens que la nouvelle occupante avait posés aux emplacements qui, selon sa perception, étaient les plus adaptés. Seuls les deux imposants bonzaïs qu'elle avait apportés détonnaient, vraiment, apportant une touche très personnelle à l'espace.

En ce moment de la journée, elle était encore étendue sur la couche située à gauche de l'entrée, entre l'espace cuisine et le séjour. Sur le dos, nue, la posture de Lee Ping ne laissait aucun doute quant au calme qui régnait en elle. Dans l'air, au-dessus d'elle, dans un quasi-silence, quelques micros drones, s'affairaient à épurer l'air de l'appartement.

Dans quelques secondes, elle allait achever sa troisième nuit dans la tour. A 23 ans, elle venait de recevoir son diplôme de bio-ingénierie. Sa nouvelle affectation, tant attendue, en qualité de responsable des jardins aéroponiques, ne changerait cependant en rien sa routine matinale.

À @H6.00Q1 précise, une combinaison de stimuli, émise par la puce Arturo Grande implantée derrière son oreille gauche, l'extirpa lentement du monde des rêves. Quelques secondes plus tard, elle s'étira afin de préparer son corps au réveil et émit le souhait de visionner la synthèse des événements de la veille. Juste l'essentiel. Aussitôt, un tableau de bord imprégna délicatement son champ visuel d'informations présentées sous la forme d'images virtuelles. La sensualité des tons et des lumières témoignait de l'attention que les concepteurs avaient portée au bien-être de leur cliente. L'illustration animée résumait la situation dans tout le Quadrant Zhōng : sur la Terre, la Lune et Mars.

Ce premier contact matinal avec l'extérieur rassurait Lee. Elle s'assit enfin, pivota sur elle-même et posa les deux pieds au sol. Elle activa ensuite à nouveau sa puce pour écouter les dernières musiques de style reelax avec lesquelles elle aimait commencer la journée.

Dans l'air, je m'étire, ce que je peux ressentir... c'est que toi, tu m'attires...

Elle consulta les messages laissés par ses différents contacts et amis d'enfance, maintenant disséminés sur deux planètes et la Lune.

Suzy : hello ma chatte, tu m'appelles plus ? J'espère que tout va bien.

Latik : Salut Lee, tu te joins à nous demain ? On va se synchroniser avec les surfeurs de l'air qui sauteront du sommet de la tour.

...

Lee se fit un point d'honneur à répondre à chacun d'eux puis s'attaqua au programme de la journée. Celui-ci se présenta visuellement devant elle. Une séance d'accueil des nouveaux bio-ingénieurs était prévue en début de soirée. D'ici là, elle devait réviser les différents aspects techniques spécifiques à la tour. Elle prendrait en effet ses fonctions de responsable dès le lendemain.

Les paupières de Lee étaient restées fermées jusqu'ici. Elle les ouvrit lentement, se leva et se dirigea vers la cabine à infrasons qui s'ouvrit doucement à son approche puis se referma derrière elle. Le flux élimina rapidement toute impureté de son épiderme. Une brève séquence de cryogénie acheva de réveiller Lee.

Après la douche, elle s'assit en tailleur au milieu de la pièce centrale. Celle-ci n'assumait plus que symboliquement un rôle social dans ce monde où les visites physiques se faisaient de plus en plus rares.

Il y a quelques jours, à peine arrivée dans l'appartement, Lee s'était assise à la même place. Elle avait commencé une séance de synchronie sur la nouvelle *sysapp* de sa puce AG. Elle avait pu alors échanger sa joie avec ses camarades.

– Regardez-moi cette vue ! Est-ce qu'on ne se croirait pas sur Mars? Avait-elle demandé à Mike Kimble qui venait justement, pour sa part, d'être affecté aux champs aéroponiques du Quadrant sur la planète rouge.

– C'est pas vraiment pareil tout de même, répondit Mike. Regardez, j'ai enregistré cela hier lors de ma sortie.

Et ils passèrent ensemble quelques minutes à revivre la sortie extraterrestre de Mike à l'air libre de Mars. Dans le champ visuel de Lee, la grande baie vitrée se confondait avec la visière de la combinaison de Mike. À la clarté du soleil terrestre correspondait la pâle lueur froide de l'astre vu de la planète rouge.

– Oh, Lee, avait enchéri Suzy. Je suis tellement contente pour toi. Tu vas t'éclater.

– Et n'oublie pas de nous contacter souvent, avait conclu Mike. Je dois vous quitter maintenant. Mes clients arrivent...

Ce moment d'autosatisfaction communautaire semble si loin, pensa-t-elle brièvement alors qu'elle entamait sa séance de méditation matinale. Elle syntonisa son esprit sur une pensée unique au milieu des milliers d'informations produites par son propre corps ainsi que par les flux entrants auxquels Lee était abonnée et qui lui parvenaient en permanence. Ses yeux noir et bleu fixaient désormais la large baie de vitre polycristalline qui surplombait, à plus de 1100 mètres, la grande plaine centrale chinoise désormais stérile. Celle-ci rougeoyait déjà éclairée par le soleil de l'aube encore timide à l'horizon.

Mais cela n'avait pas d'importance, car à ce moment précis, l'image que Lee avait en tête était celle d'un poignard. La pensée qui l'enveloppa complètement était aussi vive que sa lame. Lee était sur le point de commettre l'inimaginable.

Le poignard codé

*Pour bien faire, mille jours ne sont pas suffisants, pour
faire mal, un jour suffit amplement.*

Proverbe chinois

33 décan 2098 @H6.43Q1

Sa séance de méditation terminée, Lee enfila sa combinaison de sortie. Celle-ci était spécialement conçue pour survivre en environnement hostile. Elle était capable de protéger Lee de températures entre -40° et +45° degrés Celsius pendant 45 minutes et maintenir une respiration autonome pendant dix. Et pourtant elle ne pesait que quelques centaines de grammes.

Dehors, il faisait déjà 39° et 85 % d'humidité. Dans ces conditions déjà mortelles, la combinaison serait indispensable à la survie à l'extérieur, comme pendant la plupart de la journée. Lee la conservait toujours près d'elle et la retrouva dans son sac fétiche. Celui-là même qui l'avait suivie pendant toutes ses études.

À côté du sac, elle aperçut le poignard et hésita à le prendre à nouveau en main, tant les conséquences paraissaient incertaines. Il me faut d'abord de l'air frais, pensa-t-elle cependant en enfilant rapidement la combinaison.

Une fois habillée, Lee actionna mentalement le déverrouillage de la porte d'entrée et contacta l'un des 43 ascenseurs pour une sortie. Celui-ci l'attendait lorsqu'elle parvint au centre de l'immeuble. La descente ne dura que 52 secondes et Lee se retrouva bientôt dehors non sans avoir inconsciemment passé quelques contrôles de sécurité.

L'*Intelligence-mère* enregistra le passage de Lee Ping, femelle, ingénieur, 23 ans, à @H6.56Q1, vérifia ses antécédents et autorisa sa sortie.

Une fois dehors, Lee entama tranquillement une course de fond. Elle n'était pas seule. Dans la plaine, d'autres silhouettes apparaissaient çà et là qui s'adonnaient à diverses activités physiques. L'occasion, au petit matin, d'échapper quelques instants à la verticalité pour retrouver la terre ferme sous leurs pieds sans risque de brûler vif.

La course de Lee durerait exactement 41 minutes. 41, le 13e nombre premier. 13, son nombre fétiche, lui aussi premier.

Tout en courant, Lee se remémora les événements passés depuis qu'elle était arrivée dans la tour.

***

Deux jours après son arrivée, Lee s'était inscrite à la visite touristique standard : des turbines solaires aux jardins aéroponiques, en passant par les courses en ascenseurs hypersoniques, la garde cyber-samouraï et bien sûr, le repas panoramique au 1000e étage. Vue garantie à 300 km à la ronde, même si, en matière de panorama, on pourrait rêver mieux que ces kilomètres carrés de terre aride, rougie par un soleil de plomb.

La tour Zhang est, il faut l'avouer, une merveille de la technologie. Construite à base de structures de carbone extrait de l'atmosphère, elle a littéralement poussé *out of thin air*. Pour cela d'immenses compresseurs de carbone ont été installés à proximité puis, petit à petit, les structures sont sorties des imprimantes 3D qui s'élevaient au fur et à mesure de l'érection de l'immeuble. Dès qu'un étage était assemblé, les surfaces préfabriquées - sols, murs, vitres, et plafonds - étaient montés sur place. Puis venaient les fluides - électricité, air et eau - et enfin les équipements. Il fallait moins de 2 jours pour terminer un étage. Pendant que l'immeuble sortait de terre, comme un reflet, il poussait également sous terre pour atteindre, au final, une profondeur de 300 mètres sur 60 étages.

L'immeuble entier avait été pensé comme un vaisseau spatial : il devait limiter les échanges avec l'extérieur. Les parois en polycristal autonettoyant étaient capables de réguler la température intérieure pour rendre la vie dans la tour agréable à tout moment. Chaque étage était conçu pour recycler au maximum l'eau qui y était consommée.

La tour hébergeait déjà 150 000 personnes et pouvait en accueillir plus du double. Pour nourrir tout ce monde, tous les 10 étages, un gigantesque jardin potager produisait 600 kg de légumes par jour, soit environ 650 000 Calories dans un environnement en parfait équilibre. C'était justement de ces jardins dont Lee devait désormais s'occuper.

Mais ce qui avait surtout intéressé Lee, c'était l'étage 500 et ces 4 000 m2 de parcs d'attractions et autres boutiques où tout semblait pouvoir s'acheter. Il y avait là, semblait-il, toute la tour réunie. Des hommes pressés surtout semblaient chercher un quelconque présent à offrir à un être proche, et pourtant souvent très lointain. La valeur du cadeau se mesurait souvent au temps nécessaire pour le produire ou à sa rareté. Il serait reçu en signe d'une amitié solide. Des groupes de jeunes gens très bruyants se faisaient remarquer par l'énergie si caractéristique de leur âge. Eux, c'était surtout sur les attractions antiques qu'ils aimaient passer leur temps. Vivre ensemble une aventure physique réelle était toujours un grand moment. Des enfants seuls, des femmes âgées et toute une population, de tout statut social, se mélangeaient dans une immense foule semblable à un être vivant dont les mouvements étaient rythmés par les ouvertures et fermetures des différentes zones de l'étage.

Lee avait toujours été passionnée de cuisine et d'objets anciens. Tout ce qui avait été réalisé à la main provoquait en elle une réelle fascination. C'est ainsi que, après avoir acheté quelques courses pour préparer le repas du lendemain, elle s'acheta deux foulards en soie sauvage, filée à même les genoux par les tisseuses de la région du Xinjiang. Devant l'échoppe des sabres japonais du 19e siècle, garantis d'origine, elle s'était arrêtée un long moment devant une arme de samouraï. Le vendeur, un petit homme dont l'âge semblait aussi respectable que celui des objets qu'il présentait, lui avait alors tendu un petit couteau japonais, un Wakizashi, d'aspect authentique et avait insisté pour qu'elle le tienne dans sa main.

À peine en avait-elle effleuré le manche que le monde de Lee s'était effondré. Elle avait eu l'impression de descendre les 500 étages en quelques secondes alors qu'un soudain silence envahissait son cerveau. Mais ses implants AG, certes capables de produire de telles hallucinations, n'étaient en rien responsables de son trouble. Ce qui avait provoqué sa perte d'équilibre, c'était qu'elle venait de reconnaître, finement gravé dans le manche, le sceau sensoriel ancestral de sa famille, encodé à la manière des caractères Braille. Elle ne pensait plus jamais toucher un tel objet et savait que ces caractères étaient toujours accompagnés d'un message. Celui-ci lui était probablement destiné.

Lee avait sondé les yeux du vieil homme, sans percevoir chez lui le moindre signe qui aurait pu trahir qu'il était au courant. Pourtant, cela ne pouvait pas être seulement le fruit du hasard.

Lee n'avait pas osé le demander au marchand. Elle, qui était d'habitude si prompte à s'étonner ouvertement de tout, était restée muette.

Elle n'avait pas eu la volonté de résister à la tentation de découvrir le message. C'est combien ? Avait-elle simplement demandé. Elle avait marchandé brièvement, pour la forme. Le vieil homme avait enveloppé l'objet dans un film en cellulose rétractable avec un grand sourire.

Le seau tactile encodé sur le manche en bois avait ramené à son esprit des souvenirs enfouis. Lee ne se rappelait plus très bien de son père. L'accident qui l'avait séparée de ses deux parents datait de plus de 15 ans. Seules de brèves images remontaient régulièrement à la surface. Surtout, elle se remémorait les encouragements constants que lui prodiguait son père pour tout ce qu'elle entreprenait.

Tu es si douée ma jolie, avait-il par exemple déclaré lorsqu'elle avait passé sa première ceinture de Tai Chor.

Et à chacune des épreuves suivantes, il était présent pour l'encourager. Ainsi avait-elle beaucoup souffert de son absence quand elle obtint enfin la ceinture noire.

La visite dura encore quatre heures, le repas au 1000e étage avait semblé s'éterniser et ce n'est qu'au milieu de la nuit que Lee put enfin retourner dans son appartement. Cependant, trop fatiguée, elle n'eut pas le courage de toucher le couteau une nouvelle fois et avait décidé d'attendre le lendemain.

***

Le poignard était toujours chez elle, sur la table, à côté de l'entrée. Lee sentait la curiosité à nouveau monter en elle. Elle décida d'en avoir le cœur net et interrompit sa course à la 38e minute, rompant ainsi avec son habitude. Si son monde avait basculé en ressentant le code familial engravé, elle n'osait imaginer ce que la lecture du message apporterait.

Le message

33 décan 2098 @7h01Q1

Assise à nouveau, le poignard sur ses genoux, Lee se sentait prête, mais bien seule face au message qu'elle s'apprêtait à déchiffrer. De sa famille, elle n'avait plus que de lointains souvenirs et, après la disparition de ses parents, elle n'avait plus eu de nouvelles. Le simple contact avec les quelques points gravés dans le manche du Wakizashi avait rappelé des vives sensations réveillant en elle tout un monde qu'elle croyait enfoui à jamais. Ses parents, la maison dans laquelle elle avait passé sa première enfance et surtout le jardin dans lequel elle avait partagé les rares moments avec son père qu'elle voyait très peu, le plus souvent accompagné de ses collègues de travail. Elle revoyait aussi ses grands-parents, qu'elle avait à peine connus. En pensant à sa famille, montait également en elle une étrange impression de trahir *Celle* qui avait transformé sa vie, l'avait accompagnée vers l'âge adulte, lui avait fait découvrir une passion et offert un monde aux possibilités immenses.

Elle avait besoin de compagnie.

Lee contacta sa meilleure amie. Elle avait passé avec Suzy une année d'insouciance agréable en déplacement dans les grandes plaines de l'Australie rendues désormais fertiles grâce à un système d'irrigation naturelle. En effet, contrairement à la plaine centrale de la Chine, desséchée par l'action

17

des dômes de chaleur maintenant la température au-dessus de 40°, les plaines de l'Australie avaient été miraculeusement épargnées. Aux jardins aéroponiques du Nord correspondaient désormais les cultures en biodynamie du Sud.

Elle activa la com de sa puce et se synchronisa instantanément avec Suzy.

```
@7h07'0030 Q1.3 équipement 4331-48D9-3102-A38C-
982K, de Lee Ping, femelle, ingénieur, 23ans,
demande liaison synchronie avec Suzie de Groot,
femelle, ingénieur, 22 ans.

@7h07'0033 Équipement P401-M931-03LM-314K-129J
identifié.

@7h07'0034 Connexion établie. Canal virtuel
ouvert. Début de transmission.
```

Aussitôt, les odeurs d'humus semblèrent envahir la pièce et Lee sentit l'air parcourir ses cheveux. Même si cela faisait maintenant, déjà 48 ans que l'humanité était habituée à ces illusions et que Lee y était accoutumée depuis son enfance, l'effet était toujours bluffant. Le partage instantané d'intimité avec les personnes en synchronie pouvait être ressenti comme intrusif. La plupart des synchronisés ne se donnaient même pas la peine d'activer les filtres.

- Comment vas-tu ma chérie ? Lança Suzie joyeusement.

- Cela me fait vraiment plaisir de te retrouver. Alors, tu aimes toujours ton nouvel appartement d'aristo ?

- Tu parles, c'est magnifique. Mais un peu triste sans toi.

- Allez, tu ne vas pas pleurer. Tu n'as qu'à me synchroniser plus souvent.

- C'est vrai, j'espère que le travail m'en laissera le temps ! Mais là, j'avais vraiment besoin de toi.

- Que t'arrive-t-il ma poule ?

- Je…

Lee perçut une alarme dans un coin de son cerveau. Elle ne savait pas trop ce qu'elle était autorisée à révéler. Était-ce vrai que toutes les synchronisations étaient écoutées, enregistrées et analysées par les énormes moteurs de l'*Intelligence-mère* placés en orbite par Arturo Grande ? Parler de son père décédé était-ce un crime ? Cela allait-il *La* vexer ? Elle se lança tout de même.

- Tu sais Suzy que j'adore farfouiller dans les objets anciens ?

- Tu parles, ta piaule ressemblait plus à celle d'un vieil archéologue qu'à un studio d'adolescente !

- Eh bien, cet après-midi, lors de la visite de la tour, je suis passé au marché et j'ai trouvé ce poignard.

- Waouh, c'est vrai qu'il est magnifique !

- Oui, c'est un Wakizashi d'origine, mais... encodé dans le manche, il y a... un message secret !

- Arrête ! Tu te prends pour Lara Croft ?

- Je te promets, et je n'ose pas le déchiffrer seule.

- Ben alors, qu'est-ce que tu attends. Je suis là moi. Grouille !

- Oui, mais je ne t'ai pas tout dit. Je connais le code secret parce que c'est celui de ma famille. Cela veut dire QU'IL M'EST DESTINÉ !

- T'es dingue ! Mais alors, raison de plus de savoir ce qu'il dit.

- Mais si c'était un message de mon père ? N'est-ce pas dangereux ? Et là, en te disant cela, est-ce que je n'en ai pas déjà trop dit ?

- Lee, tu as toujours été parano. Vas-y, je te dis.

- Alors voilà...

Lee prit le manche de sa main gauche et commença à effleurer sa surface du bout des doigts. Elle se revoyait ainsi exercer ses mêmes talents à 7 ans déjà, assise en tailleur à côté de son père au bord de l'étang du jardin.

Chère Lee, disait le message. Tu es en danger et j'ai pris la décision de t'envoyer ces mots même si leur simple lecture comporte un risque. Ma fille, je...

Lee sentit soudain une fracture dans son esprit, fracture qu'elle mit quelques secondes à identifier. La synchronisation s'était interrompue. Si cela arrivait parfois, le fait qu'une panne ordinaire survienne maintenant lui paraissait pourtant peu probable. Et surtout, il avait semblé à Lee, qu'à l'autre bout, Suzy avait perdu connaissance.

À 550 km au-dessus de la tour Zhang, répartie dans les milliers de satellites qui composaient le Réseau, l'*Intelligence-mère* avait fait le lien. Le père de Lee, Tui Leh Ping, disciple originel des Fondateurs, disparu dans des circonstances étranges 15 ans plus tôt, écrivait à sa fille. Automatiquement, l'*Intelligence-mère* coupa la synchronie, lança un signal d'alerte et plaça Lee sur liste orange. Elle généra les stimuli nécessaires pour qu'à l'autre bout de la transmission, Suzy de Groot, femelle, ingénieure, 22 ans, perdît connaissance. L'*Intelligence-mère* envoya des cyber-samouraïs s'en occuper.

Le cerveau de Lee passa à la vitesse supérieure. Empêcher l'*Intelligence-mère* de comprendre le message pendant qu'elle le déchiffrait. Voici ce qu'elle devait faire. Tenant toujours le manche du couteau, elle tenta une diversion. Elle répéta plusieurs fois à haute voix : Suzy, es-tu là ? Pendant ce temps, ses doigts continuèrent leur lecture : Ma fille, je dois te demander de faire l'impossible. Tu dois d'abord te libérer de toute transmission avec l'extérieur. Je t'ai montré comment faire. Tu devras ensuite faire très attention, car les cyber-samouraïs sont certainement déjà lancés à ta poursuite. Cache-toi maintenant puis tu liras la suite de ce message. Nous t'aimons.

Lee ne savait que penser du message. Pendant tout ce temps, elle était restée immobile à fixer la vue que lui offrait la baie sous le soleil déjà ardent. Elle décida qu'il était temps de se lever et de boire quelque chose de rafraîchissant. Elle avait infusé des feuilles de thé blanc la veille puis avait sucré et réfrigéré le tout. Se dirigeant vers l'armoire frigorifique qu'elle savait bien garnie, elle sentit soudain le monde tourner autour d'elle. Elle avait l'impression de perdre tous ses repères et comprit très vite que la puce était, cette fois, à l'origine des altérations sensorielles.

L'*Intelligence-mère* ne fut pas dupe très longtemps. Ayant repris l'analyse de la conversation, scannant les patterns des sensations tactiles avec plus d'acuité, elle actionna les milliers de processeurs quantiques qu'elle avait à disposition en cas d'urgence. Elle décoda suffisamment le message pour décider qu'il fallait agir. Elle envoya les commandes nécessaires à la puce AG de Lee.

Encore une panne fortuite, pensa-t-elle. Cette attaque soudaine sauva peut-être Lee qui, retrouvant dans sa mémoire les conseils de son père se dirigea du mieux qu'elle put vers la cuisine, fouilla les tiroirs et en sortit un rouleau de feuille d'aluminium dont elle s'entoura le crâne.

Si *Elle* découvre que je suis désormais hors d'atteinte, *Elle* ne va pas tarder à envoyer quelqu'un, pensa Lee.

Se cacher ! C'était ce que disait le message et c'est ce qu'il fallait faire. Mais où ? Et surtout comment ? La tête enturbannée de papier d'alu et ses connexions AG coupées, comment passer inaperçue et comment ouvrir la moindre porte, actionner le moindre ascenseur ?

Elle était prise au piège dans son appartement du 227e étage !

L'*Intelligence-mère* perdit le contact avec Lee Ping, femelle, 23 ans, ingénieure. Comme pour son amie australienne, elle envoya les cyber-samouraïs s'en occuper.

Prisonnière

Il faut que je sorte d'ici, pensa Lee. Descendre sept étages et rejoindre les jardins aéroponiques qui lui offriraient probablement la meilleure des cachettes. Voilà le plan qu'elle avait construit. Encore fallait-il le réaliser.

Les distorsions sensorielles dues à la puce avaient instantanément disparu lorsque Lee avait bloqué les transmissions entre la puce et le réseau AG. L'alu faisant un très bon isolant électromagnétique. Cependant, un autre phénomène ne tarda pas à se faire sentir. Plus insidieux, et quasi impossible d'entraver. Il s'agissait de l'effet de manque que les premières générations d'humains connectés avaient déjà pu ressentir.

Les premières sensations d'addiction à la connectique étaient apparues au début du 21e siècle, malgré la vétusté des premiers appareils connectés qu'ils avaient toujours en main. Au fil du temps, ces appareils étaient devenus indispensables et, lorsqu'Arturo Grande implanta, chez les humains, les premières puces biologiques en 2050, l'ensemble des fonctions sociales y furent rapidement transférées. Les capacités de ces humains augmentés, comme on les avait appelés au début, avaient été décuplées. Les puces d'Arturo Grande - puces AG comme on les appelait désormais - activaient instantanément, par la pensée, les fonctions les plus diverses : communication, actualité, météo, et plus encore. À cela, s'étaient rapidement ajoutées la mémoire encyclopédique et surtout, les interfaces sensorielles, enfin, vers 2060, la synchronie : communication totale à distance d'un individu avec un ou plusieurs autres.

La première puce avait été implantée chez Lee à deux ans. Elle avait changé déjà trois fois de génération. Le monde connecté faisait entièrement partie d'elle, comme du reste des humains de cette fin du 21e siècle. La perte de cette connexion lui parvint donc comme un vide qui, inconsciemment, s'empara de l'ensemble de ses fonctions mentales et physique.

Cela commença par une forte envie d'arracher les bandes d'aluminium pour retrouver le confort de la connexion au Réseau. Lee sentit son estomac se retourner comme si, lui aussi, était complice de l'*Intelligence-mère*.

Lee n'en pouvait plus. Elle décida de retirer lentement son blindage et d'entrer en contact avec *Elle*. Peut-être allait-elle lui pardonner la trahison de son père.

- Mère, prononça-t-elle doucement à haute voix.

Lee Ping, femelle, 23 ans, ingénieure, était à nouveau connectée au Réseau. Elle semblait vouloir entrer en contact avec *Elle*. Cela n'était pas inhabituel, depuis 15 ans, *Elle* s'était évertuée à conditionner cet humain pour qu'il prenne sa place dans le Grand Dessein, afin d'y jouer son rôle tout en y trouvant du bonheur, comme *Elle* le souhaitait aux 2 milliards d'autres humains qui peuplaient le 1er Quadrant dont *Elle* avait la responsabilité.

Comme cela lui arrivait rarement, *Elle* hésita quelques nanosecondes entre l'activation immédiate des stimuli inhibant qu'*Elle* avait prévu dans ce cas de figure et la possibilité d'un retour à la normale. *Elle* décida d'acquérir de plus amples informations sur le sujet. On pourrait appeler cela de la curiosité.

@7h46'1940 Q1.3 l'*Intelligence-mère* se connecta à l'équipement 4331-48D9-3102-A38C-982K, activant une liaison en synchronie avec Lee Ping, femelle, ingénieur, 23ans.

- Lee ? Il me semble que je ne peux plus te faire confiance.

- Mère, tu sais comme j'aime faire ce qui est utile pour tous. Je sais que tu ne veux pas qu'on mette nos propres sentiments en avant. Mais ce sont mes parents tout de même.

- Tes parents sont morts, Lee. Le message que tu crois avoir reçu est visiblement un faux. C'est tout ce que tu dois savoir. Je vais envoyer un cyber-samouraï vers toi. Tu l'accompagneras. Nous pourrons t'aider à oublier tout cela.

Lee avait passé ces dernières années à faire totalement confiance à l'*Intelligence-mère*. Mais soudain, les paroles qu'elle buvait habituellement semblaient sonner faux. Quelque part, une petite lumière s'était allumée en elle qui clignotait maintenant en rouge vif. Lee avait un choix à faire et ce qu'elle décida changea à jamais son avenir. Elle recouvrit son crâne d'une bande d'aluminium supplémentaire. Aussitôt, les nausées remontèrent de plus belle.

Lee se précipita vers le réceptacle de déchets organiques et ne put retenir longtemps le premier rejet. Elle se releva et senti le vertige l'envahir. Elle serait tombée si elle ne s'était agrippée fermement, d'un geste presque automatique, au premier meuble à sa portée. Ses jambes lui semblaient pareilles à deux vieux roseaux séchés, prêts à se briser.

Il faut que je me concentre, pensa-t-elle. Encore une fois, elle dut fouiller dans son entraînement à la méditation pour trouver une solution. Elle fixa la porte avec toute son énergie. Non pas pour la faire fondre, ce qui aurait pourtant été si pratique, mais simplement pour tenter d'éliminer les bruits parasites qui agitaient son cerveau. La coupure de connexion avait, semble-t-il, eu l'effet paradoxal d'augmenter ses propres sensations pour combler le néant par autant de pensées incontrôlables.

Elle prit une grande respiration et fit le vide dans sa tête comme elle avait appris à le faire. Les battements de son cœur ne tardèrent pas à ralentir et elle sentit enfin le calme revenir en elle.

Bonjour Lee, ravie de te voir de retour, fut sa première pensée de pleine conscience. Il te faut maintenant réfléchir. Il y doit y avoir un moyen de sortir d'ici.

Toutes les portes et l'ensemble des appareils de l'immeuble étaient bien entendu commandés par les puces AG. Le système étant devenu infaillible, il n'y avait pas de système manuel. Sauf en cas de panne ! Lee crut s'entendre crier. La solution pouvait en effet bien se situer dans le fait que l'immeuble possédait son propre système de sécurité, découplé du réseau AG par quelques ingénieurs consciencieux qui avaient imaginé le pire.

Que les dieux leur soient favorables, pensa Lee. Elle commença alors à chercher où un tel système de secours pouvait bien être caché. On avait bien sûr omis de le lui présenter lors de la visite. Trop sûre d'elle, l'humanité court à sa perte. Cette phrase de son père lui revint brutalement à l'esprit, l'envahissant soudainement d'un sentiment qu'elle n'avait plus rencontré depuis longtemps : la tendresse.

Lee s'approcha d'une petite trappe située à côté de la porte d'entrée et marquée du logo stylisé de l'entreprise qui avait bâti la tour : A comme Acronix. Pas de système d'ouverture. Elle frappa alors la trappe du poing. Celle-ci se brisa instantanément. A l'intérieur, se tenait un unique bouton rouge qui semblait venir d'un autre âge. Elle essaya vainement de le tirer et de le tourner puis, lasse, appuya fermement.

Vous avez demandé de l'aide, ne quittez pas... vous avez demandé de l'aide ne quittez pas... Une voix de jeune femme, qui paraissait pourtant avoir 100 ans tant son accent mandarin semblait suranné, s'évertuait à répéter la même phrase. Agent 341, finit par cracher l'intercom après d'interminables minutes. La voix était celle d'un homme cette fois. Il s'exprimait en anglais avec un fort accent australien. C'est étrange que l'anglais soit resté une langue internationale après l'éclatement des États-Unis d'Amérique et la perte de leur toute-puissance sur le monde, pensa Lee. Peut-être aussi était-ce parce que, dans chaque quadrant, il était resté au moins, une partie anglophone, se dit Lee. Ou alors parce que c'était bien pratique pour mener des transactions entre les quadrants.

- Quelle est l'urgence. Fit la voix.

- Une panne de synchronisme. Ma puce me lâche, je ne peux plus communiquer sans d'intenses maux de tête. J'ai dû la couvrir de papier d'alu.

- Je vois. Avez-vous essayé de contacter le support ?

- Vous vous moquez de moi ? Je ne peux plus contacter qui que ce soit. Je ne peux plus supporter le contact. Il me faut un... *hard reboot*.

Lee avait allumé une lumière dans l'esprit de l'agent 341: un *hard reboot*, il y avait en effet une procédure pour cela. Il fallait amener le patient au dispensaire le plus proche qui, dans ce cas, se trouvait au 220e étage. AU MÊME ÉTAGE QUE LA FERME AEROPONIQUE.

- Je vais faire venir un infirmier. Restez où vous êtes !

- Faites vite s'il vous plaît !

- On fait au mieux.

Il raccrocha et Lee se retrouva à nouveau seule. Restez où vous êtes ! Il en avait de bien bonnes. Comment pouvait-elle sortir sans connexion avec le réseau ? Elle serait restée enfermée chez elle, sans le secours de l'équipe de soins en route pour la libérer. S'ils arrivaient avant les cyber-samouraïs.

Vers l'infirmerie

33 décan 2098 @8h57Q1

Cela faisait 10 minutes que Lee attendait. Elle avait de la peine à maintenir sa concentration et des effluves de nausées remontaient régulièrement. Elle s'efforça cependant d'arrêter de trembler et commença à réfléchir à la suite. Planifier, c'est mon boulot, pensa-t-elle. Il faut que je trouve un moyen de sortir, de descendre puis de me libérer des infirmiers. Je dois me débarrasser d'eux avant qu'ils ne me fassent entrer dans l'infirmerie.

Lee était spécialisée en aéroponie, elle avait cependant suivi une formation large en bio-engineering dont l'intelligence artificielle faisait partie. Elle se souvenait en particulier de ses cours concernant le piratage et les détournements des fonctions initialement prévues d'un système artificiel. Mais également d'un système humain ! Le *social hacking*. Ces techniques pouvaient l'aider à détourner le comportement des infirmiers qui viendraient la chercher et qui avaient pour mission de la ramener à l'infirmerie.

Lee créa rapidement dans son esprit un portrait-robot des personnes qui allaient bientôt surgir dans la pièce. La personnalité typique d'un infirmier comporte en général une forte empathie. Ce sera cependant difficile de faire appel à sa compassion pour la laisser se balader seule dans les couloirs en titubant et décorée de son joli turban d'alu. Elle commença donc par prendre un des foulards de soie qu'elle avait acheté la veille et en couvrit sa tête. L'illusion était presque parfaite. Un problème de moins.

Lee ne savait pas quand elle reviendrait dans l'appartement ni même si elle devait y revenir un jour. Elle ramassa quelques affaires de première nécessité, et en remplit son sac à dos. Elle pensa soudain au poignard et l'enveloppa dans l'autre foulard. Lee parcourut alors rapidement du regard la multitude d'objets anciens qu'elle avait collectionnés ces dernières années. Ils valent des milliers de *quadrars* se dit-elle. Mais elle dû se limiter à choisir ceux qui avaient le plus de valeur. La porte venait de s'ouvrir, et face à elle, se tenaient un homme et une femme, tous deux totalement enveloppés dans des combinaisons bio-hermétiques bleu ciel.

Vous ne prenez aucun risque, lança Lee en essayant de faire sonner cette phrase comme de l'humour.

Lee passa son sac sur ses épaules et s'avança alors vers eux. Ses jambes se dérobèrent soudain et elle s'évanouit.

***

Lorsqu'elle revint à elle, Lee était couchée sur une civière et... attachée ! Les deux spationautes la poussaient lentement dans le couloir en direction du bloc central et des ascenseurs. Ils vont certainement prendre les monte-charges, se dit-elle. Il me reste trois minutes pour me sortir de là.

- S'il-vous-plaît ?

- Madame, ne parlez pas. Vous semblez faible. Économisez vos forces.

- Où m'emmenez-vous ?

- Nous allons à l'infirmerie. Ne vous inquiétez pas. Les pertes de réseau, on connaît. Cela arrive plus souvent que vous ne le pensez. Un *reboot* et vous serez debout.

- Ah ? Et mon sac, où est-il ?

- Il et là. Vous l'agrippiez avec une telle énergie, qu'on n'a pas voulu vous en séparer. Malgré la procédure.

- Qu'y a-t-il là-dedans ? C'était la femme qui parlait maintenant. Un trésor ?

Un trésor oui. Voilà la solution. Aussi bien entraîné, qu'il soit, tout humain est corruptible. Il suffit que la balance entre le gain et le risque soit du bon côté. Soudain sûre d'elle, Lee attendit d'être dans le monte-charge pour lancer son attaque. Elle continua la causette, histoire de glaner encore quelques informations.

- Je viens d'arriver dans la tour. C'est bête non ? Et vous, cela fait longtemps que vous êtes ici ?

- J'y suis depuis l'ouverture, fit l'homme. Avant, j'étais employé d'un grand hôtel de la capitale de région. C'était autre chose. Un immeuble du 20e siècle en véritables pierres. Pas ce ramassis de biomécaniques. Anima, ma collègue, n'est là que depuis quelques mois.

C'était lui le chef alors. Et il n'avait pas l'air content d'avoir atterri ici. Il y avait un trésor dans son sac et elle pouvait certainement troquer un objet ancien contre sa liberté. Il suffira qu'il convainque sa collègue de confirmer son rapport : personne dans l'appartement, revenus bredouilles.

Lorsqu'elle fut dans le monte-charge, Lee demanda à pouvoir s'asseoir. Toujours commencer par une petite faveur, se souvenait-elle.

- J'aimerais vous montrer quelque chose.

- Vas-y Amina, détache la demoiselle. Cela ne peut pas lui faire de mal.

- Vous m'avez l'air d'aimer les belles choses. Monsieur ?

- McFerley. Je suis Bob McFerley, pour vous servir.

Un Écossais. Comment était-il arrivé ici ? Était-ce un migrant du troisième Quadrant ? Si c'était vraiment le cas, il aurait changé d'identité. Plutôt un Australien selon l'accent, venu tenter sa fortune dans l'hémisphère nord ?

- Monsieur McFerley, pouvez-vous me passer mon sac ?

Lee fouilla dedans et en saisit un des objets qu'elle avait heureusement attrapés juste avant leur arrivée. Un œuf de Jade. Cela devrait faire l'affaire, pensa-t-elle. Elle sortit l'œuf et le montra aux deux infirmiers. Le monte-charge allait arriver à destination dans quelques secondes. Le temps pressait. Du tact. Il ne fallait surtout pas brusquer les choses, ni blesser leur amour-propre.

- Qu'en pensez-vous ?

- Il est magnifique. 19e ?

- Oui, Dynastie Qing.

- Vous avez vu cela, Amina ?

- Vous êtes une marchante ? demanda la femme.

- Non, plutôt une collectionneuse. Mais je voudrais cependant vous l'échanger... contre un petit service.

- À bon ? Que voulez-vous donc de nous ? Cet œuf vaut une fortune !

À cet instant, la porte s'ouvrit. Le voyant indiquait 221. Ce n'était pas encore le bon étage. Les deux soignants sortirent cependant machinalement, Lee assise sur la civière. La scène avait quelque chose de surnaturel. Avec son foulard et son œuf de Jade en main, elle avait tout d'une princesse Qing étrangement portée par deux extra-terrestres en combinaison bleue.

La civière s'arrêta net. Bob et Amina, ne toucheraient jamais à l'œuf de Jade que Lee enfourna rapidement au fond du sac.

En face d'eux, dans un habit noir glacial que chaque humain connaissait dans les moindres détails, se tenait un cyber-samouraï.

Le cyber-samouraï

33 décan 2098 @H8.93Q1

Comme par enchantement, les deux infirmiers avaient disparu sans demander leur reste. Le cyber-samouraï, debout à quelques mètres, mesurait deux têtes de plus que Lee. Au bas mot. Il la fixait tranquillement. Comme tout prédateur face à une proie facile, il n'était pas pressé.

Une sorte de sarbacane jaillit subitement du bras du guerrier qui semblait ne pas avoir bougé. Par chance, Lee réussit à basculer le sac à dos qu'elle tenait encore dans les mains. Le dard s'y enfonça. Entraînée par le mouvement de son esquive, Lee tomba de la civière qui se renversa avec un bruit mat. Elle profita du bref moment où elle se tenait à l'abri du regard du samouraï pour rouler vers la porte des toilettes qu'elle referma derrière elle et parvint à bloquer en activant le système de fermeture anti-feu. Il est plus facile de fermer une porte que de l'ouvrir, se dit-elle, tout en arrachant le bloc de commande.

Très rapidement, Lee sentit une odeur d'ozone. De l'autre côté de la porte, le samouraï avait entamé la découpe de la porte à l'aide de ce qui devait être un arc électrique. À nouveau prise au piège, Lee se sentait comme une petite souris. Mais elle avait quelques avantages sur ces rongeurs : un cortex bien entraîné. Elle savait que la porte ne résisterait pas longtemps aux assauts de son agresseur, même si celui-ci, sûr de son succès, ne semblait toujours pas spécialement pressé. Si elle ne cédait pas à la panique, elle pourrait utiliser les secondes nécessaires à l'ouverture de la porte pour réfléchir à la prochaine étape.

Face à un cyber-samouraï, enfermée dans les toilettes de l'étage, elle n'avait pas beaucoup d'options. Elle pouvait encore battre en retraite et s'enfermer dans le local technique. Mais cela ne ferait qu'une porte de plus à découper. Et quelques instants de survie de plus. Pourtant, que pouvait-elle faire d'autres ?

Il lui fallait réfléchir vite. Elle essaya de se souvenir de tout ce qu'elle savait du soldat qui se tenait derrière la porte.

Les cyber-samouraïs avaient été créés sur Mars par les Fondateurs afin de garantir la paix alors que la guerre civile faisait rage sur Terre. Ils formaient à l'origine une armée d'élite. Ils avaient reçu le privilège, non pas de porter l'épée comme leurs ancêtres japonais, mais d'obtenir de nombreuses améliorations cybernétiques qui multipliaient leur force et leur dextérité. Ils étaient réputés loyaux et sans pitié, obéissant aveuglement aux ordres de leur ancienne hiérarchie et maintenant à ceux de l'*Intelligence-mère*.

Tout citoyen du 1er Quadrant les connaissait et nombreux étaient ceux qui avaient eu affaire aux pouvoirs cybernétiques des samouraïs. À la force légendaire de ces humains augmentés aux os génétiquement renforcés, aux membres bio-synthétiques et aux muscles pourvus de moteurs électrostatiques, s'alliait une connexion parfaite au réseau.

Leur puce AG permettait de les activer instantanément pour toute mission. Les cyber-samouraïs agissaient généralement seuls, tant leur force était au-dessus des normes. Ils pouvaient cependant aussi synchroniser leurs actions et plusieurs d'entre eux formaient alors un seul être. Un monstre tueur à plusieurs corps.

La connexion. C'était peut-être cela leur point faible. Pouvait-elle atteindre le samouraï via sa connexion au réseau ? Difficile, car elle ne pouvait, elle-même, pas risquer de s'y brancher à nouveau. Elle serait immédiatement mise KO par l'*Intelligence-mère* qui la repérerait dès son retour dans le système. Il y avait cependant peut-être un moyen. Comme tout bon soldat, le samouraï devait obéir aux ordres. Mais aussi aux contre-ordres. La mission des soldats de la tour était de protéger celle-ci de tout acte pouvant nuire au système. Les effectifs avaient d'ailleurs été renforcés il y a quelques semaines, suite aux attentats anarchistes de la semaine passée. C'est ce qu'elle avait appris dans les brèves du matin. Pouvait-elle détourner celui-ci en lançant une alerte à la bombe ou quelque chose comme cela ? C'est possible, mais comment le faire depuis là ?

Elle ne pouvait pas connecter sa puce AG, mais elle pouvait en revanche peut-être se brancher au réseau technique de l'immeuble. Comme le système de secours relié à l'intercom de la chambre, l'immeuble possédait son propre système nerveux. Il parcourait tous les étages et se branchait à tous les systèmes techniques permettant la vie au sein de la tour : eau, air et autres fluides constituaient les artères que ce système nerveux contrôlait. Et les jardins aéroponiques étaient un des éléments essentiels du système. Ses poumons en quelque sorte... et son appareil digestif également.

Lee connaissait le système primaire des jardins qu'elle avait étudié en classe. Elle pouvait essayer d'extrapoler. Il lui fallait simplement trouver une console et s'y brancher : à l'ancienne.

Elle fonça vers le local technique, identifia la console tactile et referma la porte. Pas de système coupe-feu cette fois. Elle bloqua alors le système d'ouverture à l'aide d'une barre de métal qui se trouvait là. Juste au moment où elle entendit la première porte céder. Sans un bruit, histoire de laisser le samouraï deviner où était passée sa proie, elle se dirigea vers la console qu'elle activa.

Veuillez-vous identifier, afficha l'écran qu'elle venait d'effleurer. Il y avait trois moyens d'obtenir une autorisation de connexion. Pour commencer, il était possible de s'identifier via la synchronisation d'une puce AG, bien sûr. Impossible. Le by-pass de bas niveau nécessitait un appareil d'authentification secondaire qu'elle n'avait pas. Impossible également donc. Restait l'analyse rétinienne possible sur certains appareils. Elle devait essayer. Activant la commande, elle plaça son œil face au capteur. Un rapide flash vert l'averti que l'analyse était terminée. L'écran afficha un bref message d'attente et... ouvrit le menu du système.

Incroyable, je suis dedans, s'émut Lee qui n'avait encore jamais osé pirater un système. Mais, en tout état de cause, en tant que nouvelle responsable des jardins aéroponiques, j'ai accès au système. Apparemment. Elle fouilla un instant l'ensemble des commandes disponibles alors que le guerrier, qui semblait enfin avoir compris où elle se trouvait, entamait une nouvelle destruction de porte.

Système d'air frais, air vicié, chauffage, eau froide, eau chaude, urines, ... Lee se demandait si son idée avait quelque chance d'aboutir. Et il n'y avait que quelques secondes pour essayer. Est-ce que je peux ouvrir les baies vitrées du dernier étage au maximum ? se demandait-elle, pendant qu'elle lançait les commandes nécessaires. Il doit être maintenant la fin de la matinée, le soleil est déjà haut et.... Attendant quelques secondes encore, Lee ouvrit subitement les baies vitrées du restaurant. La chaleur du soleil s'abattit soudain sur les hôtes du restaurant, installant un mouvement de panique au 1000e étage, à 5000 m d'altitude. Un voyant d'alerte s'alluma sur la console. Espérons que cela va suffire, se dit Lee.

Derrière la porte, le perçage s'arrêta. Un instant. Puis recommença. Pour s'arrêter à nouveau laissant place au silence.

Est-il parti ? se demanda Lee.

La cachette

33 décan 2098 @H9.21Q1

Lee hésitait, interdite, derrière la porte du local technique. Était-ce une ruse ? Était-il toujours là ? Plus aucun bruit. Quoiqu'il en soit, il fallait prendre une décision. Le voyant d'alerte clignotait toujours, mais ce ne serait pas long avant que le problème ne soit maîtrisé.

Elle se décida à ouvrir la porte. Mais quand elle tira sur la poignée, celle-ci ne bougea pas d'un millimètre. Elle essaya encore. Rien. Lee comprit que le samouraï avait soudé la porte. Petite souris, réfléchis ! Tu n'as que 23 ans, ce n'est pas le moment de mourir, ni le lieu…

Lee scruta une fois encore l'endroit où elle allait peut-être finir sa vie. Ce n'était pas, en effet, l'ambiance dont on pouvait rêver pour quitter ce monde. Le local technique, outre des tuyaux en tous genres, contenait une table et deux chaises, des balais et des produits de nettoyage ainsi que les dévaloirs à ordures avec les traditionnelles séparations : métaux, verres et biodégradables.

Ça, c'est intéressant, se dit Lee en s'approchant de ces derniers. Le dévaloir à matière biodégradable conduisait à la fosse à compost des jardins. Lee ouvrit la porte dégageant l'odeur forte de la décomposition organique. Le conduit était assez grand pour s'y glisser. Mais l'arrivée serait délicate.

Le digesteur, installé un étage plus bas, n'était pas vraiment l'endroit idéal pour prendre un bain. Les boues produites par les déchets des habitants des étages au-dessus étaient saturées de méthane résultant de leur décomposition. Un environnement impropre à toute vie aérobie.

Lee se souvint cependant que sa combinaison bio-thermique était toujours dans son sac. Elle l'enfila rapidement et enfouit son sac à l'intérieur. Pas idéal, mais la combinaison était assez souple.

Lee s'introduisit dans le conduit et s'y laissa descendre. Quelques secondes plus tard, elle se retrouvait dans le noir total à l'intérieur d'une masse visqueuse. Elle essaya d'agripper quelque chose, mais, sans rien y voir, il lui était difficile de s'orienter. Sa sensation de nausée reprit le dessus. Allez Lee, ce n'est pas le moment. Pas dans la combinaison !

La perte des hyper-sensations de la puce AG suivis maintenant de la perte de ses cinq sens, c'était trop. Enfermée dans le noir et dans le silence, baignant dans un liquide visqueux et serrée dans sa combinaison étanche, elle cherchait à nouveau une issue. Elle avait désespérément besoin d'un grand bol d'air frais alors que la combinaison l'obligeait à une respiration contrôlée.

Lee décida justement de reprendre le contrôle de son souffle, compta lentement dans sa tête à l'envers. Elle s'efforça d'imaginer que chaque expiration descendait de sa tête jusqu'à ses orteils. Soudain, ses micro-sensations revinrent et lui procurèrent un sentiment de plénitude et de quiétude.

Maintenant que ses poumons étaient irrigués, même dans le noir, elle commençait à y voir clair. Elle connaissait l'architecture de la fosse pour avoir étudié les principaux modèles en cours de valorisation des déchets et avait révisé l'ensemble quelques jours avant de prendre son poste. Elle savait que la fosse mesurait environ sept mètres de long et seulement quatre de large. Les boues se décomposaient et formaient un *digestat* qui serait récupéré pour nourrir les plantations. Le méthane produit s'échappait au-dessus de la fosse d'où il était recyclé pour participer au mix énergétique de la tour. Sur l'un des petits côtés se trouvait une échelle de service qui menait à un sas de visite. C'est là qu'elle devait se rendre. Elle entama lentement une nage de grenouille et atteignit bientôt un bord. Il fallait maintenant qu'elle longe celui-ci. Après quelques minutes de ce pénible exercice elle sentit l'échelle sous ses doigts. Elle s'y agrippa et entama la montée vers le sas.

Enfin tranquille. Elle se remémora son programme du jour. Les jardins ne seraient occupés que dans quelques heures. Lee se sentait un peu chez elle dans l'atmosphère chaude et humide du potager géant. Sa combinaison, lavée avec les jets d'irrigation, était en train de sécher. Elle s'était même servi de tomates fraîches !

Autour de Lee, en effet, poussaient 1001 plantes dans un véritable jardin d'Eden. Organisées en quartiers, mais parfois aussi selon des formes moins géométriques, voire aléatoires, les diverses espèces de fruits et légumes explosaient de vivacité. Chaque plante avait sa place et se tenait rattachée à son système de support et en permanence hydratée et nourrie par des jets de nutriments liquides et gazeux dosés à la perfection.

Lee ne put s'empêcher de vagabonder un instant dans le jardin, effleurant des doigts les feuilles, fleurs et racines de ces plantes dont elle aurait eu, en principe, la responsabilité dès le lendemain.

Elle devait cependant rester discrète. Les jardins étaient déserts pour l'instant. Mais on ne sait jamais. Elle empaqueta ses affaires et se dirigea vers la région des céréales. Les maïs, déjà hauts, formeraient une parfaite cachette.

Lee sortit le couteau, déroula le foulard qui l'enveloppait et observa la lame. De son index, elle effleura à nouveau celle-ci. Mais elle eut beau la retourner, il n'y avait plus rien au-delà de ce qu'elle avait déjà pu en extraire. Est-ce là que tout se terminait ?

L'autre côté du miroir

33 décan 2098 @H10.09Q1

Que faisait-elle ici, assise au milieu d'un champ de maïs à chercher un code secret sur un vieux couteau alors qu'elle était poursuivie par les cyber-samouraïs et menacée de mort par l'*Intelligence-mère Elle-même* ? Si elle devait visiter les maïs, la Lee d'hier l'aurait fait en tant que responsable des jardins et non comme une fugitive.

Mais Lee n'était pas vraiment femme à s'apitoyer sur son sort longtemps. Elle reprit le couteau dans les mains et le scruta d'un bout à l'autre. Après avoir retourné la lame vingt fois, elle crut apercevoir quelque chose, au niveau où celle-ci s'insérait dans le manche. Deux petites encoches laissaient voir qu'une partie de la lame était réalisée à l'aide d'un métal différent. Du cuivre ? Lee avait déjà vu cela. Cela valait la peine d'essayer. Faisant attention à ne pas retirer la bande d'aluminium qui entourait toujours son crâne, Lee passa la soie du poignard à l'intérieur, tout près de son oreille gauche. Elle plaça les deux encoches exactement là où se situait le capteur sans contact de sa puce AG. Lorsqu'elle arriva au niveau du manche, Lee pu établir une connexion. Son défunt père apparut soudain à quelques mètres devant elle.

Ma fille, si tu captes ces mots, c'est que tu es en sécurité. Pour l'instant. Car tu es désormais poursuivie et en grand danger, à cause de ta mère et moi, à cause de nous, la résistance des derniers humanistes. Tu nous as cru morts et tu as passé ces quinze dernières années loin de nous. J'espère que tu nous pardonneras un jour. Et je ne pense pas que cela aidera si j'affirmais que c'était pour ta sécurité que nous nous sommes séparés de toi.

Ta mère et moi avons cependant décidé de te contacter pour que tu nous rejoignes. Tu es désormais formée aux meilleures écoles. Tu es prête à rejoindre le mouvement des insurgés. Je sais que tu n'as pas vraiment le choix, mais nous te connaissons aussi pour savoir que, au fond de toi, tu ne peux pas vivre dans un système aussi corrompu. Un des nôtres t'attendra à la gare de transit du Tunnel en direction de Canton. Viens demain, nous sommes pressés de te voir.

Mes parents vivants. Les derniers humanistes. Système corrompu. Lee n'en pouvait plus !

C'est quoi ces conneries, ne put-elle s'empêcher de lancer à haute voix tout en retirant précipitamment la lame manquant de s'entailler l'oreille. Que croyaient-ils ? Qu'il suffisait de s'incarner dans un poignard pour qu'elle redevienne leur petite fille ?

L'esprit de Lee était à nouveau en ébullition. Son rythme cardiaque avait presque doublé. Malgré toutes les objections qu'elle formulait en pensée, la réalité apparaissait clairement : ses parents avaient raison. Elle n'avait pas d'autre choix que d'avancer, pas d'autres destinations que l'exil.

Une autre chose était certaine, elle ne pourrait pas ressortir de là par le puits à purin. Elle ne pouvait pas non plus se balader dans l'immeuble et rejoindre la gare sans se reconnecter au réseau. Elle imaginait aussi que l'*Intelligence-mère* n'allait pas la louper une troisième fois si elle se dévoilait.

Lee était épuisée et il lui fallait se ressourcer avant de continuer. Elle savait exactement ce qu'il lui restait à faire. Elle programma sa puce pour un réveil 20 minutes plus tard et s'endormit sans se douter que six yeux l'observaient avec insistance.

Hacker

Lorsque Lee se réveilla, elle était en meilleure forme et prête à chercher un moyen de se débarrasser du mouchard qu'elle avait dans le cerveau.

Elle allait sortir de sa cachette quand, sur sa gauche, Lee perçut un mouvement. Elle se figea un instant. Rien. Puis un faible mouvement à nouveau. Lee tendit ses muscles. Un animal ? C'est bien simple, cela fait des décennies qu'il n'y en avait plus que dans les zoos des hyper-riches. Mais si c'était le samouraï, que pourrait-elle bien faire ?

Lee se décida et s'élança dans la direction du mouvement qu'elle avait perçu. Dans la zone des pommiers. Un cri s'échappa et une petite fille en sortit en courant. Lee retint sa surprise et, machinalement s'élança à sa poursuite. La petite fille stoppa net et se retourna, lui faisant face, sans même une lueur de crainte dans les yeux. Juste une sorte de défiance. Les habits qu'elle portait témoignaient des difficultés de son existence.

- Mais qui es-tu petite ? Lui demanda Lee.

Pas de réponse.

Lee répéta la phrase en anglais.

L'enfant finit par lui répondre avec un fort accent que Lee ne reconnaissait pas.

- Ze ne zuis pas Petitfille... Ze zuis Ma Ka.

- Ma Ka, tu es seule ?

- Non, Je suis avec Ra Oul et Ehl Kin.

- Ah. fit Lee regardant autour d'elle. Et où sont-ils ?

- Ils vont venir. Es-tu la Zoug Bah ? Celle qui va nous sortir d'ici?

- C'est quoi la Zoug Bah ? Vous sortir d'où ? Qui t'a dit ça ?

Chaque réponse de la petite Ma Ka générait d'autres questions.

- La Zoug Bah, c'est la grande sœur. C'est mon oncle Ra Oul qui m'a dit que tu allais venir ici et nous faire sortir. C'est ton jardin. Non ?

Lee allait lancer une autre salve de questions lorsque, de derrière Ma Ka, surgirent un vieil homme et une femme d'un âge tout aussi respectable quoique plus difficile à estimer. Lee reconnut l'homme du marché du 500e, celui qui lui avait vendu le couteau.

- Vous ? Allez-vous peut-être pouvoir m'expliquer ce qui se passe ici ? Quelle est cette histoire de Zoug Bah ?

- Venez avec nous, répondit simplement le vieil homme que Ma Ka avait nommé Ra Oul. Je vais tout vous expliquer. Mais il faut d'abord vous débarrasser de l'espion que vous avez là, fit-il en pointant son index sur son crâne à moitié chauve. Allons vers les laboratoires. Seef Lo vous a préparé un petit montage pas mal du tout qui devrait faire l'affaire.

Lee ne put s'empêcher de sourire en pensant que ces étranges nouveaux compagnons allaient finalement pouvoir l'aider. Comme pour confirmer sa pensée, Ma Ka lui prit doucement la main. Lee eut un léger mouvement de recul. On ne l'avait pas touchée physiquement depuis des années. Mais elle se laissa finalement aller, sentant, entre ses doigts, la douce pression de la main légère. Elle n'était pas au bout de surprises.

Les quatre se dirigèrent vers le centre des jardins où se situaient les fameux labos. Lorsqu'ils arrivèrent devant la porte, Lee aperçut un jeune homme dont la tenue confirmait sans aucun doute son appartenance au groupe. A moitié nu, il arborait fièrement de maigres pectoraux sous une peau brunie par le soleil. Lee ne put s'empêcher de tressaillir à sa vue. Elle n'avait que très rarement pu observer un homme dévêtu d'aussi près. Il s'avança résolument vers Lee et lui tapa dans le dos.

- Alors, c'est toi la Zoug Bah ? Bienvenue parmi les pouilleux ! Fit-il.

- Euh, salut ! Répondit-elle encore un peu secouée. Revenant sur la situation, elle ajouta : mais comment allons-nous entrer ? Je ne peux pas activer la porte. Vous le savez !

- Ne t'inquiète pas, répondit le jeune homme qui devait être Seef Lo. Je vais arranger cela.

Il s'approcha alors de la porte et avança un objet oblong vers ce qui devait être le capteur de contrôle. Un bref chuintement se fit entendre et la porte s'ouvrit. Ils entrèrent et Ra Oul referma soigneusement la porte derrière eux.

- Maintenant, passons aux choses sérieuses, fit-il. Seef, montre à la Zoug Bah ce que tu sais faire.

- Il nous faut tout d'abord nous diriger vers la partie abritée, indiqua Seef en pointant la cage de Faraday au fond du hall.

Une fois Lee à l'abri des ondes électromagnétiques, Seef s'apprêta à sortir du matériel du lourd sac qu'il portait à l'épaule quand Lee l'interrompit.

- Attendez un moment, n'allez-vous donc rien m'expliquer ? Qui êtes-vous ? Que me voulez-vous ? Vous semblez me connaître et moi, je ne comprends rien à ce qui m'arrive depuis hier ? Connaissez-vous mon père ? Vous voulez que je vous sorte d'ici m'a dit Ma Ka. Mais vous voulez aller où ? Et pourquoi avez-vous besoin de moi ? C'est plutôt vous qui m'aidez là ?

- Vous avez raison, dit alors la femme restée muette jusque-là. Il faut qu'on vous explique. Mais tout d'abord, laissez-moi me présenter.

Je suis Ehl Kin et je suis pilote. Mais cela fait bien longtemps que je n'ai plus volé, faute d'occasions.

- Nous sommes des millions, reprit-elle. Des millions comme Ra, Seef et Ma, à vivre dans l'ombre d'un monde qui n'est pas le nôtre. Un monde qui contrôle le reste des deux milliards d'êtres humains du Quadrant. Et je ne vous parle même pas des autres dont nous ne savons presque rien.

- C'est ce que je commence à comprendre à mes dépens, répondit Lee. J'ai vécu toutes ces années dans un monde parfait, sans failles et depuis que je vous ai rencontrés, depuis que j'ai touché à ce satané poignard, me voici soudain plongée de l'autre côté du miroir comme dans le conte que me racontait ma mère. J'ai pu voir, ou plutôt ressentir, comment toute pensée déviante est immédiatement détectée et tuée via la puce AG. Et la pauvre Suzy, je l'ai vue s'effondrer au sol avant que la synchronisation ne soit interrompue. Que lui est-il arrivé à cause de moi ? Ce contrôle total me fait peur. Et vous comment faites-vous pour y échapper ?

- Nous sommes passés maîtres dans l'art de nous camoufler, répondit Ehl. Parmi nous, certains esprits se sont trouvé une passion pour créer des clones numériques fictifs dans le système. Ils simulent des vies que nous incarnons lorsque c'est nécessaire. Ces joueurs, comme nous les appelons, donnent vie à ces êtres qui apparaissent, tout à fait réels à l'*Intelligence-mère*. Il faut bien comprendre en effet que, pour *Elle*, nous n'existons que par les connexions qui nous y relient.

- Seef fait partie des joueurs, ajouta-t-elle en lui envoyant un clin d'œil.

- La situation actuelle dure depuis plus de 20 ans déjà, continua Ra. C'est là qu'il faut que je te dise la vérité à propos des Fondateurs. Et de ton père.

- Mon père ? demanda Lee. Quel rapport avec tout cela et avec les Fondateurs ?

- Ton père travaillait pour eux et ta mère aussi. Et en particulier pour Xi Lumumba. Répondit Ra.

- Lumumba, le Grand Fondateur ? s'étonna Lee. Celui même qui a rendu la paix au monde après les cataclysmes du siècle ? J'ai de la peine à y croire. Je ne me souviens plus de mon enfance, ma mémoire ne garde aucune trace de mon père me parlant de Xi.

- Hmm. Fit Ra. Cela ne m'étonne qu'à moitié. Attends, tu comprendras.

- Je reprends, continua Ehl. Nous sommes donc des millions. Mais nous en sommes réduits à nous dissimuler. Et encore, ce n'est pas toujours avec succès. Nous risquons à tout moment d'être découverts et arrêtés. Nous sommes cependant désormais prêts à passer à l'offensive. Et notre arme secrète, c'est vous ! Pas seulement vous, Lee, mais les milliers d'orphelins éduqués et entraînés par l'*Intelligence-mère* elle-même. Comme le coucou, nous avons placé nos enfants dans *Son* nid.

- Tes parents, enchaîna Ra, comme tous ceux qui étaient proches des Fondateurs, ont dû passer dans la clandestinité lorsqu'ils ont compris que l'*Intelligence-mère*, plutôt que d'assurer simplement l'ordre et la cohésion au sein de l'humanité connectée, en avait pris le contrôle total, ne laissant aucune place à la contestation. Les Fondateurs eux-mêmes, vivent désormais enfermés ou sont déjà morts, bien qu'*Elle* fasse croire au monde qu'ils sont toujours avec *Elle*, derrière *Elle*.

- Lorsqu'ils ont fui dans la clandestinité, vos parents auraient pu vous amener avec eux, reprit Ehl. Mais ils ont décidé de vous offrir une opportunité qu'eux-mêmes n'auraient pu apporter : celle de la meilleure des éducations. En effet, ils avaient constaté que l'*Intelligence-mère*, plutôt que gaspiller une vie humaine, préférait la contrôler. *Elle* a donc fait ce qu'*Elle* voulait des orphelins, *Elle* leur a donné la meilleure des éducations. Bien sûr, ce n'était pas seulement par soucis pour votre éducation que vos parents ont coupé ce lien sacré. Ils espéraient que vous les rejoindriez un jour et que, grâce aux compétences acquises, vous apporteriez un soutien décisif au mouvement.

- Ce moment est venu plus tôt que prévu. Continua Ra. Parmi les membres du réseau qui ont été arrêtés, plusieurs connaissaient les plans de la résistance, votre père a pensé qu'on ne pouvait plus courir le risque de vous laisser entre *Ses* mains. C'est pourquoi, nous avons lancé l'opération Rappel. Vos parents vous attendent Lee. Et la résistance vous attend tous, vous les orphelins.

***

Cela faisait plus d'une heure que Lee écoutait l'histoire incroyable qui s'était tissée autour d'elle ces quinze dernières années sans qu'elle n'ait, à aucun moment, eu le moindre soupçon. Elle se sentait tout à coup vidée comme un fruit trop pressé.

Comment est-ce possible de passer à côté de la réalité à ce point ? Se demandait-elle. En même temps, la réponse lui apparaissait évidente. L'estime de soi, ce moi, qui construit pour chaque être humain une réalité acceptable, dans laquelle il pense jouer un rôle. Et lorsque la plupart des sensations sont stimulées artificiellement, il n'est pas étonnant que la réalité en soit si facilement déformée.

Le vieil homme s'approcha alors d'elle et, à l'aide d'un de ses instruments antiques qu'elle avait déjà vu chez plusieurs antiquaires, se mit à représenter le marché du 500e sur une feuille qui ne semblait pas être synthétique. Par de rapides gestes, il produisit sur la feuille une représentation fidèle de son échoppe. Lee, habituée aux représentations virtuelles, était impressionnée de voir une telle image apparaître sous ses propres yeux.

- C'est comme cela que nous communiquons parfois, dit-il simplement en la voyant intéressée. Ne remarquez-vous rien ?

Lee scruta le croquis et s'exclama soudain : 41, le numéro de l'échoppe était dessiné en gros caractères derrière l'étalage. Ce n'était donc pas un hasard qu'elle s'en soit approchée lors de la visite.

- Non, fit-il. Votre père a fait son possible pour vous transmettre tous les éléments qui lui permettraient de reprendre contact avec vous sans éveiller les soupçons. Et dans les 4 quadrants, des milliers de jeunes comme vous sont actuellement en train d'échapper au contrôle de l'*Intelligence-mère*.

A cet instant, un bruit métallique résonna à travers les jardins. Une vibration brève mais très perceptible.

- Il faut nous dépêcher maintenant. Les samouraïs arrivent. C'était un signal d'alarme. Nous utilisons aussi des ondes sonores aléatoires pour communiquer sous les radars. L'*Intelligence*-mère ne perçoit que les motifs prédictibles. *Elle* est insensible à ce qui paraît aléatoire. Nous faisons donc tout pour éviter tout pattern dans nos actions. Seef, à toi maintenant ! Madame laissez-le faire, c'est un pro…

Seef fit assoir Lee sur une des chaises du labo, attacha doucement ses chevilles et ses poignets. Il plaça une sphère autour de sa tête. Lee dans le noir, commença à s'agiter un peu.

- Du calme. Fit Seef. Je vais t'expliquer. La sphère va te permettre d'entrer en connexion avec une copie du réseau. Tu y feras même la rencontre d'une intelligence artificielle. Mais ne t'inquiète pas, celle-ci est inoffensive, nous avons restreint ses actions.
- Ok, répondit Lee à moitié rassurée.
- C'est parti.

Pendant que la connexion s'établissait, Seef plaça sa tête dans une autre sphère.

- Lee, je me joins à toi, dit-il encore.

Puis plus rien. Tous les deux étaient entrés en synchronie au sein du mini réseau auquel ils étaient seuls connectés.

Seef rencontra Lee sur une colline verdoyante baignant sous un soleil radieux rafraichit par le vent du soir. Viens, dit-il, nous allons créer un masque pour Lee et rencontrer Kim, ton futur moi...

Lee et Seef marchèrent un moment ensemble dans ce lieu probablement directement sorti de l'esprit du jeune homme et dont la fraîcheur était si apaisante.

Sans transition, il prit doucement la main de Lee, s'approcha d'elle cherchant, visiblement, à l'embrasser. Elle, peut-être parce que plus rien n'était normal dans ce monde virtuel, n'eut aucun mouvement de recul et accepta l'invitation.

Ils s'attardèrent un long moment à découvrir les sensations procurées par l'attraction de leurs esprits dans une volupté pourtant très charnelle.

Au bout de quelques minutes, Seef, puis Lee, retirèrent leurs casques et se retrouvèrent en face des trois autres. Lee ne put s'empêcher de regarder le jeune homme d'un regard interrogateur. Savaient-ils ce qui s'était passé ?

La sortie

33 decan 2098 @H16.44Q1

Lee sortit en premier de la cage de Faraday, s'attendant à recevoir l'assaut de l'*Intelligence-mère* au premier contact. Il n'en fut rien. Elle se brancha au réseau et s'intégra immédiatement dans sa nouvelle identité. Lee était désormais Kim Lo, technicienne de laboratoire en partance pour Canton, la prochaine métropole au Sud. Bien sûr, Kim ne comptait plus parmi ses contacts ni Suzy, ni Mike, ni aucun de ses anciens amis. Elle devrait faire l'expérience de la solitude, car elle ne pouvait pas non plus contacter les amis de Kim dont elle ne connaissait pas l'existence dix minutes plus tôt. Lee activa donc le mode « ne pas déranger » et commença à fouiller les multiples traces de Kim sur le réseau tout en faisant attention d'éviter d'éveiller l'attention.

Maintenant, que Lee/Kim était à nouveau connectée, elle pourrait espérer rejoindre le Tunnel d'où partaient les trains rapides. Ses nouveaux compagnons avaient décidé de l'escorter en échange de sa promesse d'amener Ma avec elle.

- Vous êtes certains de vouloir le faire ? Ce sera probablement dangereux. Si jamais mon identité est percée à jour, vous serez aussitôt identifiés comme complices. Avait-elle averti.

- C'est clair qu'on t'accompagne, répondit Seef Lo. Et ne t'en fais pas, l'identité est solide !

- Allons-y les jeunes. Surenchérit Ra Oul. Je n'ai pas envie d'attendre que les samouraïs viennent fouiller cet endroit. Et croyez-moi, *Elle*, là-haut, continua-t-il en montrant le ciel, n'a pas été appelée l'*Intelligence-mère* pour rien.

La petite troupe s'anima donc et s'approcha de la porte.

- Attendez ! fit soudain Ra Oul.

- Il faudrait savoir, répondit Seef Lo.

- Ne sortons pas tous ensemble. Cela pourrait attirer l'attention. Ma Ka et Lee, vous prendrez l'ascenseur vers le Tunnel. Je monterai au marché d'abord, avant de redescendre. Seef Lo et Elh Kinn, vous attendrez un instant et prendrez deux ascenseurs différents, vous vous arrêterez l'une au rez et l'autre directement au Tunnel. C'est d'accord ?

- Oui, chef, répondirent les quatre autres en riant.

Fièrement, Lee/Kim ouvrit la porte et sortit accompagnée de Ma. Elle se dirigea vers les ascenseurs, contente de ne croiser personne en chemin. En contactant l'ascenseur, elle espérait qu'il serait vide, tant elle craignait que sa trahison ne soit percée à jour par le premier venu qui lancerait l'alarme aussitôt.

Calme-toi Lee, se dit-elle en entendant la porte s'ouvrir dans un sifflement. Personne ! Ouf

Puis, elle entra et l'ascenseur commença sa descente.

Dans quelques minutes, nous serons libres... ou morts, pensa-t-elle lorsque la porte s'ouvrit sur le Tunnel.

La capture

33 decan 2098 @H17.02Q1

Le Tunnel, creusé entre 2050 et 2075 sur l'ensemble du territoire de l'ancienne Chine, reliait les principales grandes villes qui avaient résisté au changement climatique et à la guerre civile. La ligne Pékin-Canton passait par la tour Zhang. Le Tunnel, placé sous atmosphère raréfiée, permettait des vitesses de trajet excédant les 800 km/h. Ainsi, sans tenir compte des quelques arrêts intermédiaires, le Tunnel permettait de relier Pékin à Canton en moins de trois heures.

En cette fin d'après-midi, le Tunnel commençait à nouveau à se remplir de passagers qui terminaient le travail. Lee remarqua plusieurs techniciens de la tour, arborant fièrement le logo de l'*Intelligence-mère*, mais aussi de nombreux visiteurs. Tous devaient avoir hâte de rentrer chez eux, même si leur apparence était étrangement calme, tant leur esprit était captif des multiples interactions avec le réseau. Lee et Ma se joignirent à eux, déambulant sans aucun bruit dans le grand hall sous-terrain. Ma semblait plus à l'aise que Lee, probablement habituée à feindre cette semi-absence commune à tous les badauds. Lee, toujours sous l'identité de Kim, devait faire semblant pour la première fois. Elle faisait de son mieux pour ne pas heurter les voyageurs qu'elle croisait, leurs yeux vides, probablement synchronisés avec qui un amant, qui une collègue, voire un groupe de travail.

Lee se dirigeait vers la zone de départ du prochain train pour Canton lorsqu'elle remarqua ses autres compagnons. Ils convergeaient maintenant tous dans la direction de l'arche du voyageur, autrefois lieu des contrôles sanitaires, mais désormais simple passage obligé et purement symbolique vers la plateforme de départ.

Alors qu'elle rejoignait ses compagnons, Lee prit soudain conscience que quelque chose n'allait pas. Comme le faisait l'*Intelligence-mère*, elle remarqua un pattern singulier. À côté de chacun d'eux, semblaient se tenir trois ou quatre personnages qui avançaient maintenant vers eux. Et soudain, avant qu'elle n'ait pu réagir, ils fondirent sur elle, Ma, Ra et Ehl. Seef continua seul sa route alors que, tous quatre furent rapidement encadrés. Lee sentit une brûlure sur sa nuque et puis... plus rien.

L'*Intelligence-mère* avait dû compter sur l'un de ses fils pour déjouer les plans de cette petite bande d'humains. La rencontre avait eu lieu dans les jardins du 220e étage. *Elle* en avait compté trois. Deux femmes et un homme. Son fils, qui se faisait appeler Seef, lui avait cependant dit qu'ils y rencontreraient aussi une fugitive.

Est-ce que cela pouvait être Lee, femelle ingénieur, 23 ans ? Celle qui avait disparu du local technique du 221e ? Possible. Après avoir analysé les connexions, *Elle* avait dû comprendre qu'il y avait des multitudes de passages techniques incontrôlés entre les étages. L'un d'eux passait par le digesteur des jardins. L'*Intelligence-mère* nota qu'*Elle* devrait ajouter des capteurs à ces endroits-là. Cela *Lui* éviterait de devoir recourir à un de *Ses* espions et risquer *Sa* couverture pour seulement trois humains. Les trois avaient disparu de *Ses* radars pendant plus de deux heures. *Elle* garda les cyber-samouraïs à l'écart en leur demandant de terminer la fouille du 121e étage dans le cas où cette nouvelle piste ne serait pas la bonne.

Lorsqu'ils étaient ressortis de la cage de Faraday dans laquelle ils s'étaient réfugiés, *Elle* put en compter quatre. La nouvelle, Kim Lo, était une technicienne qui n'avait pas posé de problème jusqu'ici. Mais le fait qu'elle surgisse soudain du néant était inhabituel. *Elle* hésita à envoyer aussitôt *Ses* soldats à leur rencontre, et puis, se ravisant, décida d'attendre.

Lorsqu'*Elle* comprit que le petit groupe allait rejoindre le Tunnel, *Elle* jugea en savoir suffisamment et ordonna une capture discrète. *Son* fils s'en alla tranquillement. *Elle* envoya les autres dans les cellules du troisième sous-sol et demanda à ce qu'on branche les deux adultes sur le réseau en mode passif. *Elle* voulait extraire un maximum d'informations de leur mémoire. La petite, Ma Ka, femelle de 7 ans, ne lui apprendrait rien. Pour la jeune femme, Kim Lo, technicienne, 21 ans, *Elle* demanda un *hard-reboot*. *Elle* verrait ensuite si ses soupçons se confirmaient.

Reboot

33 decan 2098 @H18.92Q1

Lee se réveilla lentement. La première sensation fut le froid. Sensation à laquelle les humains n'étaient plus guère habitués. Elle le ressentait sur tout son corps. Plus précisément, elle perçut que son dos était en contact avec une surface dure et froide. Pareil pour ses fesses, ses jambes et ses talons. Elle était entièrement nue, couchée sur une table, probablement en carbone de synthèse dont elle reconnaissait maintenant la texture. Continuant à examiner son environnement tactile, elle constata rapidement qu'elle était attachée fermement par les pieds, les jambes, le tronc et le cou.

Elle découvrit ensuite que son identité initiale avait été réinstallée. Un *hard-reboot*, encore un. Kim s'était évaporée et il n'en restait désormais que de vagues souvenirs dans la conscience de Lee. Lee sentit que sa puce était à nouveau connectée au réseau et pourtant un étonnant silence y régnait.

Elle voulut ouvrir les yeux, mais s'aperçut avec stupeur qu'ils l'étaient déjà. Elle ne voyait rien, le noir total.

Lee commençait à s'habituer à ses pertes de sensations qui, semble-t-il, devaient devenir son lot quotidien. Alors qu'il y a quelques jours, elle aurait ressenti la pire des peurs et des débuts de nausée, elle se sentait maintenant sereine.

Elle parcourut encore une fois l'ensemble de ses sens, lentement, de la tête aux pieds, puis les yeux et les oreilles. Toujours rien. Ou presque. Lee sentit une légère amélioration dans son champ visuel. Petit à petit, les contours de la pièce dans laquelle elle se trouvait se précisaient. Elle s'accrocha aux détails, découvrit les angles du plafond. Celui-ci lui paraissait relativement haut et lisse, comme les murs. La pièce n'était pas grande. Quelques mètres carrés, au plus. Lee tourna la tête sur la droite, puis sur la gauche. Il semblait que la table sur laquelle elle se trouvait était située à un mètre du sol et composait le seul mobilier de la pièce.

À force de se concentrer, elle espérait y voir plus clair. Mais soudain, au lieu de s'éclairer, les murs s'estompèrent et devinrent translucides. Elle perçut, au travers, dans les pièces voisines, des ombres se mouvoir. Après quelque temps, elle distingua très clairement les allées-venues de plusieurs dizaines de cyber-samouraïs. Dans une autre pièce, sous la garde d'un soldat, la petite Ma était accroupie dans un coin. Est-elle toujours vivante ? A peine se fut-elle posé la question qu'elle ressentit le souffle court de la petite qui, ayant perdu la confiance en elle qu'elle aimait afficher, semblait crever de trouille.

N'aie pas peur, fit-elle doucement pour elle-même. Ta grande sœur va te sortir de là. La respiration de Ma Ka s'apaisa alors. Elle tourna doucement la tête en clignant trois fois de l'œil dans un rythme qui semblait aléatoire…

Lee tourna la tête de l'autre côté. Elle reconnaissait ces nouvelles perceptions extrasensorielles. C'étaient celles des cyber-samouraïs. Lee les avait expérimentées plusieurs fois dans ses programmes d'éducation. Cette hypersensibilité permettait d'utiliser tous les capteurs du réseau pour forger une vision panoptique de l'environnement. Lee compris que l'*Intelligence-mère* n'avait pas lésiné sur les moyens pour faire d'elle et de ses autres agents dormants des armes redoutables. Elle comprenait maintenant ses multiples visites au centre médical pendant son adolescence, visites nécessaires, lui avait-*Elle* dit, suite à une maladie qu'elle aurait contractée enfant. Lee, jeune orpheline, titulaire d'un diplôme de 1er degré en bio-engineering était un cyber-Samouraï. Ou plutôt pas encore. Quelque chose avait dû se passer, car elle était toujours elle-même. C'était Lee qui s'était réveillée sur cette table et non l'esclave soumis à l'*Intelligence-mère*.

Fouillant sur le réseau, elle découvrit alors la raison du silence qui régnait de ce côté-là. Une barrière virtuelle empêchait, semble-t-il, la connexion complète et, de fait, le téléchargement d'une nouvelle personnalité suite au *reboot*. Lee se rendit compte alors qu'elle était capable de parcourir le réseau au-delà de cette barrière sans perdre le contrôle.

Dangereux, se dit-elle. L'immensité du réseau recelait probablement de nombreux pièges dont elle n'avait aucune expérience. Et en plus, le temps pressait à nouveau : l'*Intelligence-mère* n'allait pas tarder à remarquer qu'un problème empêchait son nouveau jouet de prendre forme. Elle plia les jambes et ne fut qu'à demie surprise de sentir ses attaches céder les unes après les autres. Elle se libéra complètement et sauta sur le sol. Elle trouva sa combinaison soigneusement pliée sur le sol et l'enfila rapidement.

En quelques minutes, elle avait constitué la carte de son environnement et fait le plan de sa fuite. Elle était au troisième sous-sol, l'étage de la garde et des prisons dont elle découvrait maintenant l'existence. Une vingtaine de samouraïs étaient présents dont une bonne moitié endormie sur leur table biocarbonée. La centaine de prisonniers qu'elle identifia étaient couchés, sous perfusion et plongés dans une sorte de transe. Ils devaient voyager" dans le réseau.

Lee se rendit compte que pour s'échapper, elle devait d'abord s'occuper des occupants de la prison : geôliers et prisonniers !

Dans le Tunnel

33 decan 2098 @H19.25Q1

Le plan de Lee était simple. Créer une diversion en libérant les prisonniers et en leur fournissant un plan de sortie. Elle s'occuperait alors des samouraïs, irait chercher Ma Ka, passerait à la salle d'habillement et puis sortirait d'ici par la grande porte, simulant une nouvelle identité.

Lee se recoucha alors sur la table et commença son évasion via le réseau. Elle fouilla les connexions et remonta jusqu'aux entités en charge de la surveillance des prisonniers. Un à un, elle reprogramma les systèmes pour qu'ils mettent fin au calvaire des détenus qui, sans défense, subissaient les tortures raffinées que l'*Intelligence-mère* avait adaptées à chacun d'eux dans l'espoir de briser leur personnalité et de pouvoir les réutiliser par la suite.

Son père avait raison. Se dit-elle. L'*Intelligence-mère* ne voulait pas gaspiller un être humain et préférait le retourner plutôt que de s'en débarrasser.

Une fois, la reprogrammation terminée, elle se synchronisa avec l'ensemble des prisonniers. Un brouhaha l'assaillit aussitôt, accompagné d'un sentiment de terreur généralisé.

- Que se passe-t-il ?

C'est encore une autre torture ?

- N'en a-t-*Elle* pas terminé avec moi ?

- Je n'ai rien dit.

- Moi non plus.

- Taisez-vous.

Toutes ces paroles fusaient presque inconsciemment des personnes libérées.

- Bonjour, leur dit simplement Lee d'une voix calme.

Elle attendit que le silence s'établisse.

- Bonjour, répéta-t-elle sur le même ton. Je m'appelle Lee Ping. Je vous ai libéré, mais j'ai besoin de vous pour sortir aussi. Les samouraïs ne sont pas loin, ne bougez pas jusqu'à mon signal.

- Ce sera quoi ? Demanda l'un des prisonniers.

- Quand vous entendrez un grand bruit !

Et maintenant, à nous, se dit-elle en essayant de se donner un peu de courage. Certes, elle venait de découvrir qu'elle avait des os renforcés et avait été ceinture noire de Tai Chor. Mais c'était il y a longtemps et elle n'avait jamais mené de combats réels. Elle espérait réellement pouvoir vaincre un seul samouraï, mais elle en avait compté dix-neuf, et les battre tous, n'était évidemment pas possible.

En dehors, une certaine agitation semblait désormais régner du côté des gardiens de la prison justement. Et l'un d'eux avait apparemment décidé de rejoindre Lee.

Celle-ci retourna fouiller le réseau local de la prison et provoqua une panne dans le relais, panne qui devrait empêcher les samouraïs de communiquer entre eux et avec l'extérieur, donc avec l'*Intelligence-mère*. Adieu, la vision panoptique, se réjouit-elle en imaginant la surprise des soldats lorsqu'ils se sentiraient soudain complètement isolés comme elle l'avait été quelques heures auparavant.

Elle se retrouva pourtant aussi également à nouveau dans le noir et attendit que le samouraï ouvre la porte. Blottie à quatre pattes devant l'ouverture, elle se précipita en avant dès que celle-ci fut ouverte, provoquant la chute du gars de 1m90 qui s'affala de tout son poids sur le sol du couloir.

Lee se précipita sur lui espérant lui asséner un grand coup de poing sur son horrible tête masquée. Mais celui-ci pivota juste à temps pour esquiver sa main et l'attrapa au vol pour la projeter deux mètres plus loin. Lee amortit le choc et se dit qu'elle ne s'en sortait pas si mal. Mais c'était sans compter sur les 133 kg de muscles synthétiques qui se ruaient contre elle. Lee n'eut que le temps de se redresser juste au moment où il plongea. Elle utilisa le propre poids de son adversaire pour lui couper la respiration, utilisant sa propre tête comme un bélier. Elle profita alors de l'instant de trouble qu'elle avait provoqué pour attraper la tête du guerrier et la précipiter sur ses deux genoux, puis des mains qu'elle remonta d'un geste éclair, elle projeta le soldat en arrière, l'obligeant encore une fois à tomber sur le sol, étourdi. Dans le mouvement, elle extirpa deux lames de l'armure du samouraï et, se précipitant à nouveau sur lui, elle les lui enfonça des deux côtés du cou. Lee s'effondra alors le long du corps de sa victime. Son cœur battait à cent quatre-vingts pulsations par minute. Elle ne pouvait cependant pas rester là ni se reposer sur cette première victoire inespérée. D'autres allaient probablement arriver.

Elle se rendit compte cependant que la prison n'était plus du tout silencieuse comme à son arrivée. De tous côtés, on entendait des cris presque inhumains auxquels répondaient les éclats des armes à déflagration électrostatique. Les autres se sont révoltés, comprit Lee.

Lee se leva alors, se lança dans le couloir et découvrit des samouraïs s'acharnant chacun sur cinq à six pauvres êtres, complètement nus, mais dont la rage était telle, que six gardiens gisaient déjà au sol. Armée de ses deux poignards à lames courbes, Lee qui semblait voler au-dessus des redoutables machines de guerre, combattit à mort chacun des soldats restants. Tout en combattant, elle se félicita d'avoir coupé le réseau. Cela empêchait l'*Intelligence-mère* de comprendre et d'envoyer du renfort et aux samouraïs de coordonner leur force.

Tous les prisonniers ayant été libérés. Mais la moitié gisait maintenant au sol, les corps broyés par les soldats ou calcinés par les canons électrostatiques.

Le reste épuisé par la bataille, se regroupa autour de Lee et, d'abord l'un puis l'autre et enfin tous ensemble répétèrent, d'abord doucement puis plus fort un nom qui sonnait comme une incantation divine : Zoug Bah.

Lee, un peu surprise, essaya de les rassurer. Ils pouvaient espérer sortir vivants de la tour, au moins pour certains d'entre eux. Mais le nombre allait rendre la dissimulation de leur présence plus délicate. Heureusement, ces nouveaux compagnons étaient passés maîtres dans l'art de la disparition. Pour disparaître des radars de l'*Intelligence-mère*, il fallait qu'ils fassent disparaître toute trace de patterns dans leur fuite. Aléatoire était leur maître-mot.

Ainsi, rapidement, ils se séparèrent, se mélangèrent à la foule qui encombrait déjà le Tunnel en ce nouveau début de journée. Un petit groupe décida même de tenter de rejoindre la capitale par la prochaine navette de surface qui partirait dans quelques heures.

Lee, accompagnée de Ma, à quelques mètres d'elle, s'installa dans la rame d'un train rapide qui devait lui faire rejoindre sa destination, Canton, à 1 400 km au sud. Le train partirait bientôt et Lee avait désormais hâte d'aller jusqu'au bout du voyage. Elle devrait encore traverser les frontières de deux quadrants et parcourir la moitié de la périphérie terrestre pour se rendre à Lausanne, siège du clan olympique, dans la vallée du Léman dont son père lui avait souvent parlé.

Mon père est vivant et je vais le rencontrer bientôt, se dit-elle. Deux espoirs irréalisables, quelques jours auparavant, étaient devenus des certitudes. Même si, le contact promis dans le message de son père n'ayant pas donné signe de vie, elle se demandait bien comment cela allait pouvoir se passer.

Elle activa une playlist ayurvédique aléatoire et bientôt, musique et images emplirent son crâne, l'aidant à se plonger dans un sommeil réparateur. Ma Ka, elle, était déjà endormie depuis longtemps lorsque le train se mit en marche.

Épilogue

L'*Intelligence-mère* avait analysé en détail la fuite des prisonniers du troisième sous-sol de la tour Zhang et la défaite des samouraïs. *Elle* en avait immédiatement déduit la nécessité de procéder à plusieurs améliorations dans l'entraînement des soldats. Il leur fallait plus de liberté d'action pour gérer les situations d'urgence et affiner leurs tactiques de combats.

Elle avait également procédé à une vaste opération d'arrestations de toutes les personnes marquées comme suspectes dans le Quadrant. 107´345 personnes étaient sur la liste.

Mais surtout, *Elle* décida de mieux surveiller *Ses* pupilles : ces orphelins qu'*Elle* avait inscrits, comme Lee Ping, dans un vaste programme d'entrainement secret. *Elle* fut surprise de découvrir que 1 634 d'entre eux avait disparu sans laisser de traces dans les dernières semaines. *Elle* analysa soigneusement les similitudes entre les événements sans pouvoir en découvrir de significatives. Pourtant, personne ne disparaissait en général et le fait était trop spécifique pour qu'il ne soit pas pris au sérieux. L'*Intelligence-*

mère se mit donc sur la trace de chacun d'eux.

L'analyse des circonstances de la mutinerie des prisonniers *Lui* permis de détecter des formes mathématiques non-aléatoires insignifiantes chez plusieurs individus qui avaient quitté la tour juste après l'évasion. *Elle* étudia avec un soin particulier une femme actuellement immergée dans la musique pour la première fois depuis très longtemps ainsi qu'une petite fille anormalement éloignée de ses parents.

L'*Intelligence-mère* décida de suivre leur trace et de voir où cela pourrait mener.

FIN